ANDRÉ LAMANDE

L'IMPRESSIONNISME DANS L'ART ET LA LITTÉRATURE

PRINCIPAUTÉ DE MONACO
SOCIÉTÉ DE CONFÉRENCES
1925

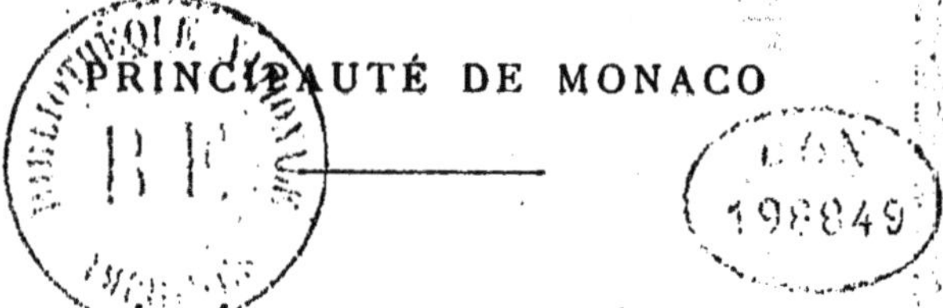

PRINCIPAUTÉ DE MONACO

SOCIÉTÉ DE CONFÉRENCES

INSTITUÉE SOUS LE HAUT PATRONAGE DE

S. A. S. LE PRINCE PIERRE DE MONACO

Année 1924-1925

Conférence du 3 janvier 1925

N° 13.

ANDRÉ LAMANDÉ

L'IMPRESSIONNISME

DANS

L'ART ET LA LITTÉRATURE

MONACO
IMPRIMERIE DE MONACO

1925

Ouvrage tiré à cent exemplaires

N° 35

L'IMPRESSIONNISME

DANS

L'ART ET LA LITTÉRATURE

Mesdames, Messieurs,

C'est un grand honneur et une joie pour moi de parler à Monaco, honneur et joie que je dois à la bienveillance du Prince Pierre, toujours si généreusement accueillant aux manifestations de l'art, de l'intelligence et du cœur. Il semble même que les dieux grecs et latins, familiers de ces rivages et amis des poètes, aient en même temps inspiré Son invitation et dicté mon sujet qui s'harmonise si bien avec le cadre admirable et les nuances de cette ville, reine de la lumière. Puissent ces mêmes dieux me secourir pour vous parler comme il convient de l'Impressionnisme dans les arts modernes et dans le roman.

Vous connaissez le grand cri de Nietzsche après sa dispute avec Wagner : « Il faut méditerranéiser la musique ! » Et, voici que, depuis cinquante et quelques années, sous le nom d' « Impressionnistes », peintres, musiciens, sculpteurs et écrivains, essayent de « méditerranéiser » tous les arts. J'entends par là qu'ils ont, dans leurs œuvres, recherché la lumière et l'harmonie avant toute chose. Lumière et harmonie sont, à n'en pas douter, les caractéristiques de l'art de notre époque.

Chaque siècle, vous le savez, s'est créé une esthétique particulière et s'est plu à proclamer des théories nouvelles d'art. Or, c'est un phénomène universel que les différentes manifestations artistiques d'une époque : peinture, musique, littérature, présentent une étrange unité. Chacune d'elles et toutes ensemble reflètent le même génie, s'inspirent des mêmes principes, donnent vie à un même ordre de sensibilité.

Voyez, par exemple, notre XVIIe siècle. Si aucun souci de vaine hiérarchie ne nous égare, nous reconnaîtrons aisément qu'une tragédie de Racine, un dôme de Mansart, un parc de Le Nôtre, une oraison funèbre de Bossuet et un ballet orchestré par Lulli, procèdent d'une même ordonnance, reflètent des préoccupations identiques et un idéal commun. Les uns et les autres sont comme le miroir fidèle de leur siècle plein de grâce et de raison. Une raison ornée, un frémissement contenu, l'admiration des Grecs et la recherche du permanent par delà le transitoire.

Mais si nous pouvons justement dire que le XVIIe siècle est foi et raison, nous pouvons également affirmer que le XVIIIe est intelligence et scepticisme, le XIXe, sensibilité. Le nôtre, enfin, peut se résumer en un mot : lumière.

Depuis 1870, nos arts s'enlacent, se confondent et se donnent la main pour former une fresque diverse et frémissante en l'honneur du soleil.

*
* *

C'est, en effet, entre 1860 et 1870 qu'apparaissent les premières manifestations de l'Impressionnisme.

A cette époque, les sèves classique et romantique étaient taries, et les artistes qui s'attardaient encore dans l'une ou l'autre de ces voies ne savaient que recopier, c'est-à-dire trahir les œuvres des maîtres, et transformer en conventions et en formules vides ce qui avait été les principes d'un grand art. Alors la jeunesse artistique se rebella contre les théories des écoles et les traditions académiques héritées d'un passé magnifique, mais qui était bien mort. On prit en haine tout ce qui représentait ce passé : l'éloquence, les règles, le grand style, les sujets imposés, les images connues et les harmonies traditionnelles. On résolut de regarder, d'entendre, de comprendre la nature avec des yeux, des oreilles et un esprit neufs.

Les premiers frémissements de cette révolution commencèrent dans la peinture, puis atteignirent les musiciens, et enfin ils se manifestent, de nos jours, chez les romanciers.

Nous commencerons donc à parler des peintres impressionnistes. Un tel ordre est nécessaire et logique, car les peintres n'ont pas seulement été les initiateurs de ce grand mouvement : ils lui ont donné toute sa signification et toute son ampleur.

Déjà même à l'époque où M. Ingres assurait le triomphe de la peinture classique, un jeune artiste s'affirmait en réaction contre la tyrannie des Grecs et des Romains. C'était Delacroix. Ingres et Delacroix : deux talents admirables qui opposaient l'un à l'autre, en un heurt irrésistible, non pas seulement deux formules, ni même deux siècles, mais en vérité deux mondes, l'ancien et le moderne.

Ingres disait : « Le dessin est la probité de l'art. » Ingres dédaignait la peinture : « Une chose bien dessinée est toujours assez bien peinte. » Ingres proclamait : « Il n'y a que les Grecs. » De l'autre côté, Delacroix répliquait : « La froide exécution n'est pas de l'art. — Le but de l'artiste n'est pas de reproduire exactement les objets. » Et ceci encore : « L'art du coloriste tient évidemment par certains côtés aux mathématiques. » Ingres : le dessin, les classiques, l'antiquité. Delacroix : la couleur, le mouvement, un portique tourné vers l'art dans ce qu'il a de plus moderne.

Aussi ces deux hommes ne sympathisaient guère. Et ils ne s'en cachaient pas. Un jour, M. Ingres traversait le salon où Delacroix avait exposé quelques-unes de ses œuvres hardies :

— « Ouvrez les fenêtres, cria-t-il. Cela sent le soufre ici ! »

Quelque temps après, M. Ingres fit une exposition. Delacroix, entrant dans la salle :

— « Brrr !... fit-il en relevant le col de son pardessus, on gèle. »

A quoi bon ajouter le moindre commentaire ? Cette scène, croquée sur le vif, en dit assez sur le mouvement artistique qui s'esquissait du vivant même de M. Ingres. Et pourtant Delacroix, ce n'est pas encore l'Impressionnisme. Il ne représente que l'effort du romantisme tendant à substituer le pathétique à la raison, les sujets modernes aux sujets antiques, le *Massacre de Scio* à *Jupiter et Thétis.* Mais quand tous deux, Ingres et Delacroix, ces demi-dieux, furent roulés dans le « linceul de pourpre », l'un en 1863, l'autre en 1876, — leurs ombres s'affrontèrent encore, peut-être, aux Champs-Élyséens, mais, sur terre, leurs élèves se montrèrent indignes de leurs grands talents contradictoires. Ils ne retinrent de l'exemple des maîtres, classiques ou romantiques, qu'une prédilection pour les sujets grandioses, et ils abaissèrent la peinture à n'être que l'illustration, par le dessin et la couleur, des événements de la légende et de l'histoire à travers les siècles.

Ces excès dans la pompe et l'artifice provoquèrent tout d'abord la réaction naturaliste, qui eut Courbet à sa tête. Et vous connaissez le mot de Courbet, ce Franc-Comtois madré : « Vous voulez que je vous peigne des déesses, montrez-moi-z-en ! »

Mais, après Courbet et Constantin Guys, qu'aimait et qu'admirait Baudelaire pour son sens aigu de la vie moderne, la véritable réaction, le mouvement qui devait tout renverser et tout entraîner, l'Impressionnisme enfin, se réalisa par de jeunes artistes qui se groupèrent autour de Manet, le Manet dont l'*Olympia*, que l'on comparait à un sonnet baudelairien, fit scandale. On connaît leurs noms. Ils ont tous acquis la célébrité : Renoir, Fantin-Latour, Claude Monet, Sisley, Berthe Morisot, et enfin Pissaro que M. Georges Lecomte, le nouvel académicien, a exalté avec autant de clairvoyance que de sympathie dans une belle étude.

Ces peintres étaient tous férus de liberté, fort épris des choses modernes, des choses quotidiennes, et même, par opposition au goût officiel, des choses vulgaires.

Ce qu'ils répudiaient? Les pompeuses allégories grecques et latines, les tableaux d'histoire, les majestueux intérieurs, les doctrines et les leçons du passé figées dans le style officiel des Académies.

Ce qu'ils apportaient ? D'abord, un redressement des valeurs : du sujet, dont on avait fait l'essentiel, ils font l'accessoire. De la couleur, qui était l'accessoire, ils font l'essentiel. « Le principal personnage d'un tableau, disait Manet, c'est la lumière. » Et, tandis que leurs contemporains continuaient de peindre les splendeurs des Pharaons et les cruautés de Caligula, eux représentaient le Moulin de la Galette, un déjeuner sur l'herbe, une rangée de peupliers. Bien plus. Bientôt, tout sujet disparaissant, la lumière ne fut plus seulement le premier personnage de leurs tableaux, mais le seul, l'unique personnage. Et ils purent définir un tableau en cette phrase simple et caractéristique : « Une surface plane, recouverte de couleurs en un certain ordre assemblées, pour le plaisir des yeux. »

Ainsi, ils substituèrent à l'expression par le sujet l'expression par le décor, par l'harmonie et l'éclat des couleurs.

Rejetant le sujet historique ou dramatique, — souci primordial de leurs devanciers, — ils rejetèrent aussi la construction rationnelle qu'enseignait l'École, ce soin d'arrêter, de dessiner les contours, cet enchaînement des parties, cet art du développement oratoire qui faisait ressembler un tableau à un discours. La peinture impressionniste visa à n'être que le résultat d'un réflexe optique, de notations fragmentaires, de sensations visuelles aiguës, et cela, de la façon la plus spontanée, la plus brusque, la plus directe.

La couleur, enfin, ne fut plus au service du sujet, ni de la forme. La forme, au contraire, s'ordonne, se ploie, s'efface, disparaît même pour servir la couleur, don magnifique et sans cesse renouvelé du soleil.

Le soleil ! Il semblait qu'avant les Impressionnistes la peinture eût ignoré les ivresses de la lumière pour la lumière. Eux, ils découvraient ces ivresses, et, depuis Monet, le soleil est le dieu de la peinture, et ce dieu a ses fidèles, sa liturgie, ses dogmes et ses rites.

En effet, un tel bouleversement dans la conception même du but de la peinture entraînait forcément un bouleversement parallèle dans l'emploi des moyens, dans la technique.

Dès le jour où il fut entendu qu'un tableau n'avait pour but que d'exprimer la lumière, toute la technique du peintre fut subordonnée à la connaissance de celle-ci et à la recherche des moyens propres à la représenter.

Mais qu'est-ce donc que la lumière ?

Il se trouva que des savants, passionnés eux aussi, à cette même époque, pour l'étude des phénomènes lumineux, apportèrent aux peintres la réponse que ceux-ci, dans leur divination d'artistes, avaient pressentie.

Or, ces savants disaient : Les objets n'ont pas de couleur. La couleur n'est pas une qualité attachée aux objets. Ce n'est pas le mur qui est blanc, ce n'est pas la prairie qui est verte, ce n'est pas l'épaule qui est nacrée. Le mur, la prairie, l'épaule, émettent des vibrations que notre œil perçoit et traduit en couleurs. Autrement dit, la couleur est une suite de vibrations, d'ondes lumineuses qui, impressionnant notre rétine, y éveillent des sensations colorées.

Chacune des couleurs du spectre, — comme chacune des sept notes musicales, — est donc une somme de vibrations se propageant par ondes, et ces ondes, s'ajoutant, se groupant, se superposant, *mais ne se mêlant pas*, forment, par leur jeu, la gamme infinie des couleurs et des nuances. Ainsi le pourpre, qui n'est pas une couleur spectrale, résulte de la *superposition* des ondes du violet et du rouge ou bien du bleu et de l'orangé. Nous pouvons avoir la sensation du jaune, soit par le jaune spectral, soit par une *juxtaposition* des ondes du vert et du rouge.

Le voilà bien le dogme, le credo, des fervents de la lumière : les couleurs sont des agglomérations, des juxtapositions, des superpositions de vibrations lumineuses. Et ce credo commande toute leur technique.

Puisque dans la nature les couleurs se forment, non par mélange, mais par juxtaposition de vibrations, les Impressionnistes procèdent de même, scientifiquement. Ils respectent la pureté de la couleur. Ils n'étendent plus sur la toile, comme les anciens maîtres, des couleurs préalablement mélangées sur la palette. Ils ne se servent que des sept couleurs du prisme, et, suivant la méthode de Claude Monet, ils les juxtaposent en petites touches sur la toile. Ces touches donnent naissance à autant de vibrations lumineuses qui, se groupant, s'unissant, forment à distance, par le jeu des combinaisons optiques, des couleurs sur notre rétine. Tel un champ en avril, dont les multiples nuances de chaque brin d'herbe se confondent dans notre œil en un vert uniforme.

Et ainsi est créé l'enchantement d'une lumière qui brille, qui scintille, chatoie, qui naît et qui meurt, qui change suivant l'heure et le lieu, qui fait que la route blanche devient bleue, rose, verte, rouge, suivant le moment et le milieu lumineux qui la baigne.

Qu'importe alors l'objet, la forme, — femme ou arbre, — quand on s'acharne à cette poursuite merveilleuse de la lumière qui fuit, s'arrête un instant pour scintiller sur un visage, un toit, un mur, et reprend sa fuite, et s'arrête encore ?...

Tout le monde connaît les fameuses *Meules* de Monet, que l'artiste peignait sur des toiles différentes, travaillant chaque matin de neuf heures à dix heures sur la première toile, de dix à onze sur la deuxième, et ainsi de suite, pour essayer de saisir et de fixer la fugitive lumière, la nuance passagère.

Art infiniment subtil et séduisant, aussi éloigné des mesquineries naturalistes que des sévérités classiques, art à la fois spirituel et voluptueux, uniquement soucieux d'enchantement et de plaisir, art pour lequel la nature n'est qu'un prétexte à de subtiles variations, et qui fait d'un tableau une orchestration de couleurs, avec ses modulations à l'infini de telle ou telle dégradation, ses fugues et sa couleur dominante qu'on pourrait appeler sa « couleur clef ».

Je m'excuse. Emporté par le subtil démon de l'analogie, je confonds les termes qui sont propres à la peinture et ceux qui sont propres à la musique. Et voilà que je parle de clef, de fugue et de modulation, pour expliquer ce qu'est un tableau impressionniste. Mais au fait, ai-je tort ? N'y a-t-il pas, du fait même de l'Impressionnisme, un lien invisible et réel qui pousse invinciblement à s'unir la peinture et la musique ?

Écoutons les peintres et leurs critiques. M. Camille Mauclair, qu'il faut toujours citer quand on étudie l'Impressionnisme, ne dit-il pas, en parlant de Claude Monet et de Pissaro : « Ils symphonisent avec les sept couleurs qui forment leur gamme. » Baudelaire, dans ses *Curiosités esthétiques*, souligne : « On trouve, dans la couleur, l'harmonie, la mélodie, le contre-point. » M. Maurice Denis, dans ses

Nouvelles Théories, condamne le genre Burnand et le genre Tissot, parce que, fait-il remarquer, « c'est de la prose, et je veux, en peinture, de la musique avant tout autre chose », Cézanne, parlant de sa façon de peindre, dit : « Je ne modèle pas, je module. » Les théoriciens étrangers vont même plus loin, tel Hederlin qui affirme : « Les couleurs sont des sons, et les sons des vibrations colorées. » Et vous connaissez le vers fameux de Baudelaire :

Les parfums, les couleurs et les sons se répondent.

Cela est vrai et explique, sans doute, ce magnétisme qui unit, à la fin du XIXe siècle, les artistes de tous les domaines dans une rébellion contre les formes d'art qui ne répondaient plus à la sensibilité de leur époque. En effet, l'effort que les peintres avaient fait pour secouer le joug des Académies et libérer la lumière, les musiciens l'accomplirent aussi, en France, pour la musique.

* * *

On sait que du Second Empire à 1880, une certaine école, qu'on appelait « le Vérisme », enchaîna lourdement cette Muse légère aux pieds d'argent qu'est la Musique. C'était beaucoup moins l'imprévu, l'harmonie, ou l'originalité dans le langage sonore que cette école recherchait, que les aventures vécues, les actions frappantes, les drames propres à soulever dans les cœurs un enthousiasme facile ou une émotion frelatée. Mépris du rêve, mépris de la poésie, mépris de tout ce qui est à la fois simple, ailé, lumineux. Le « Vérisme », — ce pragmatisme musical, — jouait ce tour de force, prodigieux dans sa vulgarité, de ravaler la musique au rang de servante du drame pour l'Ambigu !

Or, en l'année 1883, année où l'Impressionnisme, bafoué à ses débuts, accentuait son ascension vers cette lueur qu'on appelle la gloire, alors qu'on préparait cette exposition posthume de Manet qu'un Ministre de l'Instruction publique devait honorer de sa présence, cette même année, Chabrier rapportait d'Espagne sa fameuse et rutilante rapsodie : *España*. C'était une énorme gaminerie de ce joyeux musicien, une gaminerie de génie, chaude, véhémente, colorée, avec de neuves combinaisons, des agrégations sonores en liberté, des juxtapositions de tonalités comparables aux juxtapositions de taches colorées, chères aux Monet et aux Degas. On s'engoua vite de ces cassures rythmiques, de ces taches sonores. C'était un premier coup de barre vers l'Impressionnisme en musique, et toute la jeunesse musicale qui cherchait sa voie fut attentive à cette indication.

Aussi, dix ans après la création de *Louise*, de Gustave Charpentier, — cet ouvrage qui avait fait triompher le naturalisme en musique, — l'Opéra Comique, le 30 avril 1902, joua *Pelléas et Mélisande*. Date importante. Date d'une révolution. Car il ne s'agit plus alors de s'élever contre les vieux opéras sans sève, ni style, ni originalité, où la musique était l'esclave du chant, et le musicien le servant du chanteur. Il ne suffit même plus, comme l'avait fait Wagner, de donner à l'orchestre sa valeur psychologique, de rendre le librettiste, le parolier et le chanteur dépendants du musicien, et de conserver, par la polyphonie, sa vie propre à chaque instrument. Sans doute, cette liberté instrumentale chez Wagner, de même que la fantaisie de Chabrier, prépparaient l'Impressionnisme musical. Mais, avec Debussy, c'est la pâte même de la musique, l'idéal et la technique du musicien qui sont changés.

« A bas Ingres ! » hurlaient les peintres impressionnistes. On prête à Debussy ce cri peu respectueux : « A bas Glück ! »

Ces deux cris enferment tout un programme, le même programme qui marquait la révolte, là contre la peinture esclave des grands sujets académiques, ici contre la musique servante du drame. Là, peinture pure, orchestration de couleurs, lumière. Ici, musique pure, équilibre de taches sonores. Là, selon la définition des peintres impressionnistes : « Un tableau est une surface plane, recouverte de couleurs en un certain ordre assemblées pour le plaisir des yeux. » Ici, selon la définition de Debussy : « La musique est une combinaison de timbres et de rythmes, dont l'unique but est de faire plaisir à l'oreille. » Chez les peintres, un clavier de sept couleurs pures qu'ils juxtaposent et superposent selon les lois scientifiques des sensations visuelles. Chez les musiciens, une gamme chromatique de douze demi-tons qu'ils équilibrent en masses de taches sonores. Le musicien moderne fait la guerre, lui aussi, aux ombres noires, au ton local, il libère et il isole les sonorités comme le peintre impressionniste avait libéré et isolé les couleurs claires, et, de même qu'en peinture on divisa à l'excès, jusqu'au pointillisme, on divisa également en musique. Et puis, ici comme là, pas de conclusion : c'est de la musique, de la musique pure, de la musique qui n'est que de la musique. Que dire de plus, à moins de répéter avec l'un des plus intelligents commentateurs de Debussy, M. Louis Laloy : « L'orchestre n'a recours à aucun redoublement que s'il est nécessaire pour les effets de renforcement ou de dégradation. Partout ailleurs il préfère la couleur *sans mélange*. C'est par leur voisinage qu'elles se font valoir, réagissent, jouent. C'est une palpitation continue, une lumière qui frémit, une transparence visible, une ombre faite de reflets, une légèreté de touches pures... »

Arrêtons-nous, car nous allons confondre. Ce passage, qui exalte Debussy, ne pourrait-il convenir aux meilleurs des peintres modernes ? Chez les uns et les autres, l'idéal est le même et le vocabulaire aussi : gammes, notes, chromatisme, valeurs, thèmes, motifs... Mystérieuses correspondances ! Troublantes analogies !

Elles ne s'arrêtent pas aux sons et aux couleurs, et nous allons voir enfin comment, dans le domaine de la littérature, les pensées et les mots ont été, à leur tour, entraînés dans le cercle magique de l'Impressionnisme.

*
* *

L'Impressionnisme en peinture, dont les premières manifestations firent scandale vers 1865, passionna les écrivains épris de nouveauté et désireux de renouvellement. A cette époque, en effet, classicisme et romantisme avaient épuisé leur vertu. Quant au naturalisme, qui en littérature, comme en peinture et en musique, précéda l'Impressionnisme, il conquit certes d'ardents disciples, mais il n'offrit qu'une séduction de courte durée.

Pourtant, les théories nouvelles de l'école de Monet, malgré la curiosité et l'intérêt qu'elles suscitèrent chez les écrivains, n'exercèrent pas sur la littérature une influence immédiate et décisive. La littérature, en effet, par son domaine qui est la pensée, par son instrument qui est le style, offre une matière moins malléable, plus rebelle que les autres arts aux révolutions rapides. Aussi, l'Impressionnisme n'entra d'abord dans le roman que comme une source souterraine, sourde, qui n'eut que d'intermittents jaillissements avant de devenir le mouvement qui s'affirme aujourd'hui.

Mais, dira-t-on, n'a-t-on pas crêté les Goncourt de l'épithète d'« Impressionnistes » ? Sans doute. Et l'on eut raison, encore que l'on exagérât. Leur Impressionnisme n'est que de surface, fort incertain et bien réduit. Les Goncourt conservent dans tous leurs romans, *Charles Demailly*, *Renée Mauperin*, *Germinie Lacerteux*, *Manette Salomon*, les principes mêmes de l'art traditionaliste, niés si vivement par la nouvelle école : le sujet, clef de voûte de l'œuvre, et le souci de la composition, de l'ordonnance, de l'équilibre des parties. A peine leur soi-disant Impressionnisme se traduit-il dans la recherche du trait extérieur et essentiel, dans leur vision aiguë, propre à saisir les couleurs, dans leur amour presque maladif du décor, enfin dans leur style, dans leur écriture dite « artiste », tourmentée, toute en frissons, bariolée d'épithètes rares, de néologismes, de termes puisés dans le vocabulaire pictural.

D'ailleurs, ce goût de la transposition, de l'assimilation même, des choses de la peinture et de la musique à celles de la littérature était dans l'air et resta longtemps la seule manifestation de l'Impressionnisme littéraire. Ce goût, subtil et malicieux, pénétra jusqu'aux esprits les plus solides. Flaubert disait composer non pas des livres, mais de la musique : *Salammbô* était une symphonie en rouge; *Madame Bovary*, une harmonie en gris. D'autres allèrent même plus loin : chaque lettre eut sa couleur. Qui ne connaît le sonnet de Rimbaud :

A noir, E blanc, I rouge, U vert, O bleu, voyelles...

En passant, il convient de rappeler que, bien avant nos auteurs modernes, Newton donnait aux notes musicales une valeur colorée : do, rouge; ré, violet; mi, pourpre; fa, bleu; sol, vert; la, jaune; si, orange.

Mais revenons aux écrivains. Huysmans alla plus loin encore que Rimbaud dans la voie des correspondances. Son héros voluptueux et maladif, des Esseintes, avait créé, pour sa délectation, tout un orchestre de bouche, si l'on peut dire. « En lui, le kummel évoquait le hautbois ; la menthe, la flûte; le kirsch, la trompette; le whisky, le trombonne; notre armagnac velouté, le violon.»

Alors, tous les poètes, qu'ils fussent symbolistes ou décadents, s'adonnèrent avec passion à l'audition colorée.

Laurent Tailhade, ce Pyrénéen érudit et violent, avait beau bouffonner :

> Si tu veux, prenons un fiacre,
> Vert comme un chant de hautbois...

Albert Samain, René Ghil, Rémy de Gourmont, Rodenbach, continuèrent leurs recherches, essayèrent des transpositions curieuses. Au-delà des frontières mêmes, des poètes allemands, des romanciers espagnols s'exerçaient à des recherches parallèles. A ce sujet, et pour vous montrer l'ampleur de ce mouvement, permettez-moi de vous lire une page curieuse, fort caractéristique et peu connue, que j'ai traduite du roman espagnol : *Arroz et Tartana* de M. Blasco Ibañez.

Dans cette page, le héros du livre, Andresito, est devant la campagne et la mer. Remarquez en quels termes curieux il décrit sa vision, comme si le paysage, au lieu de frapper ses yeux, se transformait en une symphonie veritable pour l'oreille :

« Vive Dieu ! Cette symphonie de couleurs devenait réalité. Ce n'était pas une phrase vide de sens, parce que tout paraissait chanter autour de lui : la campagne et la Méditerranée, les monts et le ciel. Cette symphonie, c'était une véritable pièce classique avec son thème fondamental, et il percevait, avec les yeux, le mystérieux chant, comme si la vue et l'ouïe eussent troqué leurs merveilleuses fonctions.

« D'abord, les notes isolées et incohérentes de l'introduction, c'étaient les taches vertes des jardins environnants, les rouges agglomérations des toits, les murs blancs, tous les coups de pinceau de couleurs déliées et sans harmonie parce que trop proches. Et, derrière cette rapide introduction, la symphonie commençait, brillante, étourdissante.

« Les rides des eaux tremblantes des canaux, blessées par la lumière, étaient la modulation douce et timide des violons mélancoliques, les champs de vert adouci sonnaient pour le jeune visionnaire comme les tendres soupirs des clarinettes, les tranquilles enclos de roseaux, avec leurs tons jaunes et leurs frais potagers, clairs et brillants comme des fosses d'émeraude liquide, reluisaient sur le tout comme les plaintes passionnées d'une viole d'amour ou les phrases romantiques d'un violoncelle, et, dans le fond, l'immense ceinture de mer, avec son ton bleu sombre, ressemblait à une note métallique prolongée, qui, en sourdine, lançait une interminable lamentation.

« ... Ce n'était pas une illusion. Le paysage entonnait une symphonie classique, dont le thème se répétait à l'infini. Et ce thème était l'éternelle note verte, qui, rapidement, s'ouvrait et s'agrandissait, prenant une teinte blanchâtre, comme se condensant et s'obscurcissant jusqu'à se convertir en bleu violacé.

« ... Les chemins, avec leur serpentante blancheur, étaient des intervalles de silence. Le thème, — la couleur verte, — croissait en intensité dans l'éloignement, et jusqu'aux bords de la mer. La symphonie arrivait là, à sa période brillante, à son sommet, et s'élançant en plein ciel, se clarifiant en un azur blanchâtre, elle marchait rapidement jusqu'au finale, se mouvant au fond de l'horizon pâle et vague comme l'ultime plainte des violons, qui se prolonge tant qu'il reste un peu d'archet, et s'amincit jusqu'à n'être plus qu'un fil ténu, une imperceptible vibration qui ne laisse pas deviner à quel instant elle cesse de sonner réellement. »

Dans la littérature française, on peut relever des transpositions analogues chez André Suarès et chez Jules Laforgue, dans les *Images Sentimentales* de Paul Adam, comme dans la *Cité des Lampes* de Claude Sylvie.

Aussi peut-on dire que, jusqu'en 1914, l'Impressionnisme affleura, de ci, de là, dans les œuvres des auteurs les plus originaux, épris de nouveauté et de renouvellement. Mais ce n'est qu'après la guerre qu'il s'est affirmé vraiment, en littérature, avec tous les traits qui le caractérisaient en peinture et en musique : mépris des grands sujets, de la composition et de l'ordre ; seul souci de saisir le cœur humain et la nature non dans leur essence éternelle, mais seulement dans leurs aspects significatifs ou exceptionnels, fugitifs ou contradictoires, et de projeter sur eux une vive lumière ; technique nouvelle, remplaçant la période, la phrase « léchée », par la juxtaposition de touches rapides, brutales, lumineuses. En un mot, pointillisme dans l'observation et dans le style, qui permet de définir un roman impressionniste : « Un assemblage d'images et de pensées pour le plaisir de l'esprit. »

Ainsi compris, l'Impressionnisme marque de son influence une partie de l'œuvre de Marcel Proust, trouve son épanouissement dans les romans de MM. Jean Giraudoux et Paul Morand, son exaspération et presque sa raillerie dans ceux de M. Joseph Delteil. Si je ne cite que ces noms, c'est par désir de clarté et parce qu'ils me paraissent les plus typiques.

Rien certes ne paraît plus contraire aux habitudes traditionnelles de la littérature française, que les œuvres de Marcel Proust. En France, pendant longtemps, art a voulu dire : choix et ordre. Marcel Proust ne choisit ni n'ordonne. Si l'Impressionnisme a agi sur lui, son influence est surtout sensible dans l'absence de tout sujet comme dans l'absence de toute composition. Compacte et volumineuse, l'œuvre de Marcel Proust ne raconte ni une aventure, ni un héros, ni lui-même. C'est une sorte d'exploration fort méticuleuse dans son âme, où il retrouve, comme dans un miroir, l'image qu'y ont laissée les êtres et les choses. Il a, comme dons naturels, une faculté de vision rare, une mémoire et une sensibilité hypertrophiées. C'est un botaniste de l'âme. Il butine sans cesse, non dans les livres, mais sur les visages, en visite, dans la rue, dans le monde, chez lui. Il retient tout ce qu'il a vu, mais plus encore toutes les réactions que ces visions ont déclanchées dans son cerveau. Et comme ses longues journées de solitude, ses interminables nuits d'insomnies, lui permettent un perpétuel tête à tête avec lui-même, il jette sur le papier, sans nous faire grâce de quoi que ce soit, ses multiples impressions enregistrées. De cette exploration continuelle dans son âme, il rapporte le bon, le meilleur et le pire, qu'il offre en toute sincérité. « Point moral du tout, point du tout innocent, disait Anatole France. Il y a en lui du Bernardin de Saint-Pierre dépravé et du Pétrone ingénu. » L'éloge n'est pas mince. Mais qu'il soit Pétrone ou Bernardin, ou même les deux ensemble, faut-il voir en Marcel Proust un véritable écrivain impressionniste? L'absence de sujet et de composition, l'insouciance de tout équilibre, l'ordonnance remplacée par la juxtaposition des impressions, tout cela suffit-il à lui valoir ce titre? Je ne le crois pas. Les procédés de juxtaposition qui, chez les Impressionnistes ont pour but de libérer et d'intensifier la lumière, n'aboutissent trop souvent, chez Marcel Proust, qu'à accumuler les ombres. C'est que cet écrivain, condamné à la demi-obscurité des chambres de malades, n'a pas le goût du trait distinctif qui, choisi et bien placé, jette une vive clarté sur un ensemble. De même son style ne connaît jamais ces phrases courtes, incisives, ces raccourcis brutaux et savoureux, cette syntaxe cassée, violentée, traversée d'éclairs, en harmonie avec notre époque trépidante.

Pour trouver un tel reflet miroitant de notre époque de voyages rapides, de bars lumineux et de cinématographes, il faut ouvrir les livres de M. Jean Giraudoux.

Sachez d'abord que M. Jean Giraudoux est Limousin. Et que cette indication ne vous soit pas indifférente. Les Limousins ont, auprès de leurs cousins les Auvergnats, grande réputation de malice et d'habileté. Ils aiment jouer des farces, berner leur monde, doucement, en finesse, un sourire railleur au fond des yeux. Une bourrée célèbre du centre de la France les croque en trois vers que je traduis littéralement :

Les Auvergnats ont la barbe bien fine,
Mais les Limousins sont bien plus dégourdis :
Ils la leur feraient sans rasoir et sans eau...

M. Jean Giraudoux est bien Limousin, mais, attention : un Limousin qui a passé par l'École Normale de la rue d'Ulm et par l'Université d'Harvard. Et voilà une seconde indication peu négligeable. Elle nous fera comprendre que si M. Giraudoux, fantaisiste, ironiste, pince-sans-rire, badine souvent, badine toujours, il le fait avec art, avec science, à la façon d'un Limousin savant, qui a beaucoup fréquenté les Anglo-Saxons.

Maintenant écoutez comment M. Jean Giraudoux parle de son œuvre à un confrère qui l'interwiewait : « Je ne considère tout ce que j'ai fait que comme une espèce de divagation poétique, et je n'ai jamais eu la prétention de faire un roman ou une composition littéraire quelconque. »

Et il donne l'exemple de son *Siegfried et le Limousin* : « *Siegfried et le Limousin* m'a demandé vingt-sept jours. Je prends une feuille blanche et je commence à écrire ; les personnages naissent au fur et à mesure ; au bout de cinq ou six pages, j'y vois clair. »

Voilà une confession bien... limousine, qu'il faut interpréter plutôt que croire. Du moins, elle nous fait bien comprendre par où M. Jean Giraudoux s'apparente aux Impressionnistes.

Chez lui ni prêche, ni plaid, ni thèse, ni même une « histoire ». Il ne se soucie d'un sujet à traiter ni dans l'*École des Indifférents*, ni dans *Suzanne et le Pacifique*, ni dans *Simon le Pathétique*, ni dans *Siegfried et le Limousin*. Toute sa préoccupation, tout son art, est dans le détail, le choix des traits, leur juxtaposition, la touche, qui, bien placée, donne sa couleur à toute une page.

Serait-il naturaliste et appliquerait-il sa vision neuve des choses aux réalités de la nature ? On a prétendu qu'il devait beaucoup à Jules Renard. M. André Beaunier l'ayant souligné, récemment, dans la *Revue des Deux-Mondes*, M. Jean Giraudoux a répondu en souriant : « Jules Renard ? Je ne l'ai lu que depuis qu'on m'a dit que je lui devais quelque chose. »

M. Jean Giraudoux se moque bien, en effet, de peindre d'après nature. On le comparerait beaucoup moins à l'écho sonore du poète qu'à une harpe éolienne, — une harpe éolienne à retardement, — que chaque impression fait successivement vibrer quelques années plus tard. Car tout est souvenir chez M. Jean Giraudoux, Souvenir ou invention. Il a dit lui-même qu'il inventait dans le passé chaque fois qu'il en avait besoin, qu'il y logeait les aventures que son imagination bâtissait sans répit, et qu'il défaisait ses souvenirs d'occasion après chaque récit, comme le prote, l'ouvrier d'imprimerie, qui, le cliché une fois inutile, brouille les caractères.

Son imagination inventive ne l'empêche pas d'ailleurs d'ouvrir l'œil sur la route, dans le train, en métro, boulevard Anspach ou sur la Cannebière, et de prendre des notes, comme notre vieux Montaigne qui se méfiait de sa mémoire chancelante. Des notes ? A vrai dire, non, Mais des croquis, des traits essentiels, qu'il isole, qu'il amenuise ou qu'il épaissit, déforme à dessein et intronise ensuite, avec humour, au cours de ses romans, côte à côte avec les pures imaginations de son esprit.

Dans cet assemblage, dans ce fourmillement lumineux, nulle trace de composition au sens traditionnel du mot. Les personnages mêmes ne présentent rien de ce dessin précis, de ces lignes savamment disposées en dominantes et en secondaires, si chères à la psychologie classique, Chacun d'eux n'est que l'occasion, le lien d'un bouquet d'impressions fraîches et neuves.

Quant au déroulement du récit, à l'affabulation, un critique a pu la comparer à la carcasse d'un feu d'artifice, monté en bois léger, que le premier coup de vent semble devoir courber à terre, mais qui éclaire, étonne, enchante, éblouit, — même quand il fatigue à la longue, — de ses multiples fusées.

Voyez quelques-unes de ces fusées dans cette dernière page de *Siegfried et le Limousin,* où Forestier, après avoir retrouvé sa nationalité française, revient dans son Limousin, le jour de l'armistice :

« Tous étaient maintenant éveillés en France. Le soleil rayonnait sur le pays à idées claires. Un chasseur à cheval de l'armée sans poésie avait capturé un renardeau et le montrait d'une barrière aux parents voyageurs qui n'hésitaient plus, pour un si beau spectacle, à réveiller leurs enfants dans les filets. Ces mille sidecar roux, hérités de l'armée américaine, couraient déjà les routes comme des parasites. Tous étaient éveillés, à Valençay, à Buzançais, et dans les pays des fromages, Roquefort et Levroux, déjà on les mangeait tout jeunes en buvant du vin blanc. Tous ouvraient les yeux, y compris les six cent mille candidats aux Palmes Académiques, à la Médaille des Épidémies. Y compris les tireurs à l'arc de l'Oise, devant l'épouse en papillottes et sans prétendant, qui bandent l'arc d'acajou. Y compris les Indifférents de Pont-sur-Yonne, tous déjà penchés sur l'Yonne avec leurs lignes et qui arrachent à l'eau dorée des gardons comme des ganglions. Y compris Monet, Bergson, Foch. C'est l'heure où les peintres et les chasseurs de Crozant rentrent de conserve à l'auberge Lépinat, dégoûtant de sang et de couleur. »

On retrouve beaucoup des qualités et des tendances de M. Jean Giraudoux dans les œuvres de M. Paul Morand : *Tendres Stocks*, *Ouvert la Nuit*, *Fermé la Nuit*, *Léwis et Irène*.

Les origines et la vie de M. Paul Morand aident, elles aussi, à la compréhension de son œuvre. Comme M. Jean Giraudoux, il est dans la diplomatie et aime les voyages. Ses origines ? Une ascendance de Français de Russie. Sa vie ? Une enfance anglaise, la jeunesse à Oxford. Puis des voyages, et des voyages encore. Partout, d'une latitude à l'autre, à travers cette Europe d'après guerre, désaxée et bouleversée, dans ces capitales pleines de fuyards et d'émigrés, dans les bars internationaux, dans les dancings et les cinémas, partout, sur les choses et les êtres, Paul Morand porte des yeux neufs, épris surtout de fantaisie, de pittoresque et de lumière. Puis, entre deux voyages, il tire de ses malles — ou de son souvenir — des masques, des expressions de visage, des gestes, des débris somptueux ou lamentables, avec lesquels il reconstitue, ou plutôt il récrée, non les hommes qu'il a vus, mais des héros de son choix. Et ces héros incarnent, d'un trait, tout une race. Voici le Levantin : « Un homme très noir en chemise de flanelle rose. » L'Allemand moderne : « Jaquette, une perle baroque, des oreilles d'orang, le crâne au papier émeri. »

Même goût du détail pittoresque et lumineux,

même mépris de l'équilibre et de l'ordonnance, même procédé de composition par fusées éclatantes, aveuglantes, qui jettent sur les choses une lumière crue, violente, un peu artificielle parfois, comme les lueurs des feux d'artifice dans les nuits de 14 juillet : tel est bien l'Impressionnisme de Jean Giraudoux et de Paul Morand.

Écoutez cette page curieuse, une des meilleures de M. Paul Morand. Il nous peint une scène, par touches nettes, rapides, colorées, de certain médecin marron : Habib.

« Une jeune femme cireuse, très belle, les yeux gravés d'un cerne bleu foncé, les lèvres blanches, était étendue sans mouvement dans le lit. Elle ne parut pas nous voir. Autour d'elle, des cuvettes rouges, des éponges, des serviettes rouges ; les draps eux-mêmes traversés. On entendait au-dessus de nos têtes les pas pressés des domestiques qui cherchaient du linge de rechange.

« Je n'oublierai jamais Habib. Soudain très calme. Il ne disait pas : « Ce n'est rien » ou « tout est perdu » ou « il faudrait une consultation ». Il se promenait en habit autour de cette jeune femme évanouie d'où la vie s'écoulait, aisé, audacieux, précis comme un prestidigitateur mondain. Après avoir réfléchi, il ôta son habit, retroussa sa manche de chemise jusqu'à l'épaule ; j'entends encore le bruit agaçant du bouton contre la manchette, et les jeux cartonnés de son plastron de chemise. Il se savonna à la brosse les ongles, les mains, les bras jusqu'aux biceps.

« — Prends cette ouate et cette serviette, me dit-il.

« Je le vis résolument rejeter les draps, mettre à nu, une fois de plus, un corps exquis, de pâte tendre, le pénétrer de tout l'avant-bras, et le pétrir jusqu'à ce que son dos en sueur s'imprimât à sa chemise. Cela dura. On entendait au loin une auto attardée couper un silence affreux.

« Soudain, un rossignol...

« Habib soufflait, prenant haleine un court moment, sans se redresser, comme un lutteur, puis recommençait.

« Enfin il se leva peint comme un boucher. Un sourire. Le sang ne coulait plus. Déjà la vie revenait. Il demeurait immobile, sûr de sa force, fier de sa vitalité, de cette énergie qui lui faisait oser et vaincre, traiter la mort en familière, la reconduire chez elle à coups de savate. »

Et voici enfin M. Joseph Delteil. Un esprit étrangement cosmopolite, lui aussi, un grand voyageur, mais un voyageur de... Perpignan, qui n'a guère fréquenté que le P.-L.-M. et qui laisse à son imagination turbulente le soin de parcourir l'univers et de nous le décrire, depuis l'Espagne jusqu'au fleuve Amour, et jusqu'au pôle devenu, par l'effet de sa fantaisie, le rendez-vous de toutes les races du globe.

Ce trait nous donne la clef du caractère et de l'œuvre de M. Joseph Delteil. Je l'appellerais volontiers : « l'enfant terrible de l'Impressionnisme littéraire. »

Il semble que, dans les trois romans qu'il a publiés jusqu'à ce jour : *Sur le Fleuve Amour*, *Choléra*, *Les Cinq Sens*, il se soit donné le rôle de pousser l'Impressionnisme jusqu'à la charge, jusqu'à la parodie, jusqu'à la mystification. Mais il le fait avec une telle verve, un tel élan de jeunesse et un tel talent qu'il devient impossible de se fâcher.

Par cette volonté d'exagération, nul mieux que lui ne met en relief les traits caractéristiques de l'Impressionnisme littéraire : le sujet, la composition, les règles traditionnelles du roman que Giraudoux et Morand se contentaient d'ignorer ou de négliger, Joseph Delteil leur voue une haine vigoureuse. Il les brave, les provoque, et pour que nous ne doutions pas de ses intentions, il accumule hardiesses sur hardiesses et éperonne sa fantaisie jusqu'aux derniers dérèglements.

La couleur, conquête et joie des Impressionnistes, Joseph Delteil en dévaste tous les champs de la terre pour la répandre dans ses livres, brutale, violente, rouge sang, bleu d'outre-mer, jaune citron.

Voyez de quels coups de pinceaux est faite cette description de Castelnaudary :

« Castelnaudary est une ville sanguine, rouge comme un foie de bœuf. Les toits de tuile s'accordent aux peupliers du Fresquel pour donner au paysage son accent de sanglante fraîcheur. Un canal solitaire lui communique cette sorte de paresse aiguë où se complaisent les plus hauts tempéraments. Des platanes nationaux bordent, écrasent une route de poussière et de blancheur, une route locale. Sur une place incandescente, des vieillards écarlates fondent leurs ans au soleil. Des oies rutilent en chœur au pied des meules de paille crue, et des vaches au pelage mordoré traînent leurs ventres dans l'immondice, le long des petites rues grasses. »

Les juxtapositions, chères à Paul Morand, deviennent, chez Joseph Delteil, calembours, pétarades, explosions.

Enfin, plus encore que ses émules, il pense que le roman ne doit avoir pour but ni le prêche moral ou patriotique, ni aucune thèse, mais seulement la joie. « Mon rêve, dit-il, est d'écrire un roman capable de réjouir les pieds, les mains, les ventres, les poitrines. »

Sensualité de l'art : voilà bien le trait essentiel, la source vive de l'Impressionnisme, le point de rencontre de tous les écrivains de cette école, la formule qui résume et explique leurs œuvres. Sensualité de l'art, soutenue par la philosophie moderne que Bergson, par delà le monument de la philosophie allemande, a rattachée à Condillac. Plaisir des yeux, des oreilles, de tous les sens et de l'esprit, par les couleurs, les parfums, les sons et les mots. Plaisir aigu, en harmonie avec la nervosité, la trépidation, la rapidité cinématographique de notre époque. Sensualité exigeante, vite émoussée, avide de nouvelles excitations et qui pousse nos romanciers à ce vertige géographique, à ce besoin d'aller chercher leurs héros hors des frontières, parmi les épaves et les déchets humains de la grande tourmente, dans la rouge Russie, dans l'Allemagne chancelante, dans l'Asie en émeute. Sensualité qui détermine, non seulement une vision nouvelle du monde, mais aussi un style nouveau, une syntaxe de jazz-band où les mots jettent, de place en place, des éclairs électriques, des déchirements de clacksons.

Ces effets étranges, — les meilleurs et les pires, — et qui étonnent, sont obtenus par des moyens très simples. En réalité, les Impressionnistes n'usent que des moyens connus de toujours (métaphores, métonymies, antithèses, couleur, etc.) Mais ils s'efforcent de les rajeunir en étendant leur emploi hors des domaines jusqu'ici autorisés.

Vidons le carnier de ces chasseurs d'antithèses, de ces dénicheurs de métonymies, de ces braconniers de métaphores et de couleurs qui s'évadent des chasses permises par la grammaire, l'Académie et la tradition.

Voici d'abord de la couleur, au pinceau, à la brosse, au tube, à pleine truelle parfois, mais toujours vive, capricieuse, brûlante : « Mes hôtes m'entraînaient dans un appartement en bois d'orange, et en cuir aubergine », dit M. Jean Giraudoux. Et encore : « Nous venions d'annexer le Maroc tout blanc, près de l'Algérie toute pourpre. Je pris un crayon rouge. Je le fondis dans sa voisine. Il était consolant de voir cet immense empire, une Baléare en plus, toute bleue, une Canarie en plus, toute jaune. » M. Jean Giraudoux aime la couleur et l'humour. Je l'appellerais volontiers le Bonnard ou le Ravel de notre littérature.

M. Paul Morand ne charge pas trop sa palette, encore qu'il nous fasse entrevoir de belles barbes « à la verveine et au jus de tabac », ou une « bouche géranium », ou une peau « couleur du minerai de fer ». Mais que vienne M. Delteil : tous les artistes peintres et même tous les peintres en bâtiment ont versé leurs couleurs dans son encrier. Ici, « une fillette jaunâtre, au fond d'une impasse en délire, épluche des haricots verts ». « Des mortes adossées contre des tentures de pourpre, accueillent les visiteurs avec leurs plus blancs sourires. » Voici une Ferme Noire, qui est « une bâtisse de chaux d'une blancheur immense ». Puis, dans la même page, on trouve : des voitures rouges, des betteraves rouges, une route incandescente, des navets exsangues, des groins roses et un bleu silence.

Mais l'usage ou l'abus de la couleur n'est pas la seule marque caractéristique du style impressionniste. Tous ces auteurs se plaisent à ressusciter ce vieux procédé de l'allégorie par lequel on prête vie et conscience aux choses inanimées. M. Jean Giraudoux nous en fait la confession : « Au seul nom de jour, je le sentais délicieusement onduler entre ses deux nuits comme un cygne aux ailes noires. Au seul nom du mois, je le voyais s'échaffauder, arc-bouté, sur ses jeudis et ses dimanches. Je voyais les saisons, les vertus, marcher par groupes et dormir par dortoirs. » Un jour, Simon le Pathétique se trouve en face de Bismarck : « Il (Bismarck) se promenait dans la clarté de la lune et fit volte-face en entendant mes pas. J'avais mis mes pieds sur son ombre. Il se recula pour la dégager. » Et encore : « Un train effrayé bondit par le taillis. » Et ceci encore : « Je redescendais dans l'ombre, étreignant la corde de la rampe qu'au seuil je lâchai, laissant aller ma tour comme un ballon. »

Voici, par le même procédé, une notation de Paul Morand dans une description de banque : « Les guichets aspirent vers les caves les économies gauloises. » Dans une autre page des sentiments animent le soleil : « Le soleil frappait une vitre et, décontenancé par ce premier choc, venait par ricochet s'abattre sur le lit de fer du poète. » Enfin, notez cette sensibilité du cosmétique qu'on fait grésiller : « La victime criait comme un veau qu'on marque. »

Si les Impressionnistes donnent volontiers une âme aux choses matérielles, en revanche il leur arrive souvent de voir les humains sous un certain angle, tout mécanique, qui les déforme et les assimile à la matière brute. Ils décriront ainsi l'entrée d'un train en gare : « Le train déchargea sa cargaison de bras, de jambes et de valises. »

Quant à la comparaison, la plus banale des figures de style, ils excellent à la renouveler par des rapprochements imprévus, parfois forcés, souvent charmants. M. Jean Giraudoux nous décrit : « Mille petits bassets trottinent par les rues asphaltées avec des pattes si courtes, que leur ombre reste tout le jour au-dessous d'eux comme un tapis. » Voici qu'une infirmière éteint les lumières : « Chaque commutateur craque comme si elle écrasait un gros insecte lumineux. » — « Le Groenland est bossu et poilu comme un chameau » dit M. Delteil. Chez M. Paul Morand, même abondance de comparaisons inattendues, souvent brutales : « J'aimais ses paupières, couleur de billets de cinquante francs. » Et ce portrait : « un nez en crochet qui soutenait, comme une pièce de boucherie, des lèvres épaisses et saignantes. »

Là note est forcée, mais elle l'est bien plus encore dans la façon dont ces romanciers manient l'antithèse. Pour rajeunir ce procédé humoristique vieux comme le monde, ils rapprochent, dans le plus désinvolte désordre, non seulement des choses opposées dans leur aspect, mais des choses opposées dans leur essence et que les siècles s'étaient ingéniés à séparer : le moral et le physique, — l'esprit et la matière.

Voici M. Paul Morand dans ces rapprochements antithétiques : « Il y a des êtres victorieux qui marquent fortement ce qui les entoure : leur chien, leur pantalon, leur femme. »

M. Joseph Delteil : « Il faut peu de chose à une femme en pleurs : un conte bleu, un livre jaune, une étoffe, un cœur. » Un de ses héros raconte son enfance : « J'avais des culottes de velours et une petite sœur. » — « Le capitaine avait les yeux bigles et une fille. » — « Le sourire des Norvégiens est fait de paresse et de graisse de phoque. » Les hommes terrifiés par la peste deviennent « des rassemblements d'espèces humaines dépourvues de phénol et de... la morale. » Enfin, cette description de l'exode des peuples de la terre entière vers le pôle : « Ils emportaient sur leur dos des boîtes de sardines et leur religion. »

Il ne faut ni s'étonner, ni s'émouvoir, ni surtout s'indigner. Ces auteurs sont jeunes. « C'est jeune et... ça sait beaucoup ! » Ils savent que dans l'antique Athènes un bel homme, qui s'appelait Alcibiade, coupa la queue de son chien afin qu'on parlât de lui.

Ces exagérations volontaires, ce besoin d'étonner à plaisir prouvent que l'Impressionnisme — en littérature — n'a pas encore atteint à cette plénitude dans la pensée, à cette sûreté dans l'expression, par lesquelles les nouvelles écoles s'imposent fortement. Autrement dit l'Impressionnisme littéraire attend encore son chef-d'œuvre. Il viendra.

Mais déjà un fait est acquis : c'est qu'un mouvement qui a pu grouper, en une même esthétique, musique, peinture et littérature, et qui a donné des chefs-d'œuvre reconnus, — tels *Pelléas et Mélisande* de Debussy, les *Nymphéas* de

Claude Monet et des œuvres curieuses chez quelques jeunes romanciers, — un tel mouvement tiendra à n'en pas douter une place importante dans l'histoire de l'art français.

Sans doute, nous voici loin de la grande tradition classique, férue de composition, forte d'équilibre et de raison souriante, dont l'un des plus illustres représentants, Anatole France, vient de mourir. Nos classiques recherchaient le général par delà le transitoire; ils construisaient des ensembles; ils approfondissaient des caractères. Ils respectaient la hiérarchie des valeurs. Pour eux, peindre l'homme était l'essentiel. Ils ne considéraient le décor, la musique, la couleur, que comme des accessoires. Il y a trois choses à considérer dans le roman, disait Sainte-Beuve : les caractères, l'action, le style. Et par style il entendait, comme Buffon, « l'ordre et le mouvement qu'on met dans ses pensées ». « Bien écrire, disait encore Buffon, c'est, à la fois, bien penser, bien sentir et bien rendre : c'est avoir de l'esprit, de l'âme et du goût. »

Nos jeunes auteurs ont de l'esprit et des sens. Le cœur, chez eux, est presque absent ou semble l'être. « L'homme moderne, dit l'un de leurs commentateurs enthousiastes, M. Pierre Dominique, n'est pas sentimental. Il ne doit pas l'être. Le cœur est un viscère creux. »

Mais ils ont une intelligence aiguë, des sens exaspérés, l'intelligence de leur temps et une faculté prodigieuse d'adaptation au goût de l'heure. Aux siècles passés, la littérature allait de pair avec la vie sociale : majestueusement, en carrosse; aimablement, en diligence fleurie. Aujourd'hui, la locomotive qui nous emporte en hurlant, augmente son fracas, l'auto multiplie sa puissance, l'avion sa vitesse, le cinéma redouble la brutalité de ses raccourcis. Les écrivains impressionnistes ont mis un moteur au majestueux carrosse et à la paisible diligence. Leurs visions se croisent, s'embrouillent, nous blessent de leur désordre et de leur couleur, et disparaissent, comme les paysages et les gens qui fuient en arrière lorsque nous regardons par les vitres d'un rapide. Image du monde moderne, Accord de notre littérature à notre sensibilité exacerbée et trépidante.

Les auteurs ont raison qui mettent la littérature « à la page », et donnent un moteur au carrosse et à la diligence. Leur tort extrême, cependant, serait de croire qu'un moteur peut se passer de la volonté intelligente qui le commande et le conduit; de penser que décor, couleur, mouvement, n'ont pas besoin d'ordonnance et de cette forte structure du roman, — du roman qui prend ses sources dans la vie, se développe dans l'ordre et dans la raison, et se fortifie par les idées.

Ces jours-ci, le sculpteur Bourdelle disait, devant quelques amis : « Nous autres, artistes, nous vivons dans les lueurs. »

De ces lueurs aucun artiste ne rapporte la flamme tout entière, mais chacun d'eux, dans tous les siècles, en arrache des étincelles, étincelles différentes et qui souvent paraissent s'opposer. Ce sont elles pourtant qui forment ce frémissement lumineux qui est la tradition artistique et littéraire de la France. Certaines manifestations peuvent, au moment où elles éclosent, nous étonner, mais, de ces manifestations le temps, sous sa patine, tempère la hardiesse et adoucit l'éclat. Les unes et les autres se fondent dans le génie de la France, dont la littérature et les arts resteront, comme au temps de Brunetto Latini, les plus délectables et aussi les plus humains.

www.ingramcontent.com/pod-product-compliance
Ingram Content Group UK Ltd.
Pitfield, Milton Keynes, MK11 3LW, UK
UKHW020453180726
13839UKWH00004B/1797